兒童文學叢書
・文學家系列・

愛跳舞的女文豪

珍・奧斯汀的魅力

石麗東、王明心／著　郜欣、倪靖／繪

三民書局

國家圖書館出版品預行編目資料

愛跳舞的女文豪:珍・奧斯汀的魅力 / 石麗東,王明心
著;郜欣,倪靖繪.－－二版一刷.－－臺北市:三民,
2009
　　面;　　公分.－－(兒童文學叢書.文學家系列)

ISBN 978－957－14－2836－9　(精裝)

1.珍・奧斯汀(Austen, Jane, 1775－1817)－傳記－通俗
作品

784.18

© 愛跳舞的女文豪
——珍・奧斯汀的魅力

著 作 人	石麗東　王明心
繪　　者	郜　欣　倪　靖
發 行 人	劉振強
著作財產權人	三民書局股份有限公司
發 行 所	三民書局股份有限公司
	地址　臺北市復興北路386號
	電話　(02)25006600
	郵撥帳號　0009998－5
門 市 部	(復北店)臺北市復興北路386號
	(重南店)臺北市重慶南路一段61號
出版日期	初版一刷　1999年2月
	二版一刷　2009年6月
編　　號	S 853881

行政院新聞局登記證局版臺業字第○二○○號

ISBN　978-957-14-2836-9　　(精裝)

http://www.sanmin.com.tw　三民網路書店
※本書如有缺頁、破損或裝訂錯誤,請寄回本公司更換。

閱讀之旅
（主編的話）

　　很早就聽說過藝術大師米開蘭基羅、梵谷、莫內、林布蘭、塞尚等人的名字；也欣賞過文學名家狄更斯、馬克·吐溫、安徒生、珍·奧斯汀與莎士比亞的作品。

　　可是有關他們的童年故事、成長過程、鮮為人知的家居生活，以及如何走上藝術、文學之路的許許多多有趣故事，卻是在主編了這一系列的童書之後，才有了完整的印象，尤其在每一位作者的用心創造與撰寫中，讀之趣味盈然，好像也分享了藝術豐富的創作生命。

　　為孩子們編書、寫書，一直是我們這一群旅居海外的作者共同的心願，這個心願，終於因為三民書局的劉振強董事長，有意出版一系列全新創作的童書而宿願得償。這也是我們對國內兒童的一點小小奉獻。

　　西洋文學家與藝術家的故事，以往大多為翻譯作品，而且在文字與內容上，忽略了以孩子為主的趣味性，因此難免艱深枯燥；所以我們決定以生動、活潑的童心童趣，用兒童文學的創作方式，以孩子為本位，輕輕鬆鬆的走入畫家與文豪的真實內在，讓小朋友們在閱讀之旅中，充分享受到藝術與文學的廣闊世界，也拓展了孩子們海闊天空的內在領域，進而能培養出自我的欣賞品味與創作能力。

　　這一套書的作者們，都是和我一樣對兒童文學情有獨鍾，對文學、藝術更是始終懷有熱誠，我們從計畫、設計、撰寫、到出版，歷時兩年多才完成，在這之中，國內國外電傳、聯絡，就有厚厚一大冊，我們的心願卻只有一個——為孩子們寫下有趣味、又有文學性的好書。

　　當世界越來越多元化、商品化的今天，許多屬於精神層面的內涵，逐漸在消失、退隱。然而，我始終牢記心理學上，人性內在的需求——求安全、溫飽之後更高層面的精神生活。我們是否因為孩子小，就只給與溫飽與安全，而忽略了精神陶冶？文學與美學的豐盈世界，是否因為速食文化的盛行而消減？這是值得做為父母的我們省思的問題，也是決定寫這一系列童書的

用心。

我想這也是三民書局不惜成本、不以金錢計較而決心出版此一系列童書的本意。在我們握筆創作的過程中，最常牽動我們心思的動力，就是希望孩子們有一個愉快的閱讀之旅，充滿童心童趣的童年，讓他們除了溫飽安全之外，從小就有豐富的精神食糧，與閱讀的經驗。

最令人傲以示人的是，這一套書的作者，全是一時之選，不僅在寫作上經驗豐富，在文學上也學有專精，所以下筆創作，能深入淺出，饒然有趣，真正是老少皆喜，愛不釋手。譬如喻麗清，在散文與詩作上，素有才女之稱，在文壇上更擁有廣大的讀者群；韓秀與吳玲瑤，讀者更不陌生，韓秀博學用功，吳玲瑤幽默筆健，作品廣受歡迎；姚嘉為與王明心，都是外文系出身，對世界文學自然如數家珍，筆下生花；石麗東是新聞系高材生，收集資料豐富而翔實；李民安擅寫少年文學，雖然柯南・道爾非世界文豪，但福爾摩斯的偵探故事，怎能錯過？由她寫來更加懸疑如謎，趣味生動。從收集資料到撰寫成書，每一位作者的投入，都是心血的結晶，我衷心感謝。由這一群對文學又懂又愛的人來執筆寫文學大師的故事，不僅小朋友，我這個「老」朋友也讀之百遍從不厭倦。我真正感謝她們不惜時間、心血，投入為孩子寫作的行列，所以當她們對我「撒嬌」：「哇！比博士論文花的時間還多」時，我絕對相信，也更加由衷感謝，不僅為孩子，也為像我一樣喜歡文學的大孩子們，可以欣賞到如此圖文並茂，又生動有趣的童書欣喜。當然，如果沒有三

民書局的支持、用心仔細的編輯，這一套書是無法以如此完美的面貌出現的。

讓我們一起——老老小小共同享受閱讀之樂、文學藝術之美，也與孩子們一起留下美好的閱讀記憶。

作者的話

珍・奧斯汀

　　日常生活當中，我們很可能不經意的犯了態度傲慢不恭，或對事、對人存有偏見的時候，但是十八世紀末，一位天才橫溢的英國女文豪卻能針對「傲慢與偏見」兩種個性，完成一本不朽的名著。這本書在歐美文學課本上，還與曹雪芹寫的《紅樓夢》並列為世界名著哩！

　　作者珍・奧斯汀讓故事男主角代表「傲慢」，女主角代表「偏見」，男女主角在交往過程當中，發現過去種種不對的地方，而加以改正，最後有情人終成眷屬。珍・奧斯汀寫的其他五部小說，也多半是主角在成長過程當中發現往日所犯的錯誤，而能遷善改過的故事。

　　每位小說家都身懷說故事的高強本領，由於他們出生的時間、環境不同，所以我們能夠看到形形色色的故事：譬如中國人重視家庭觀念，《紅樓夢》所寫的就是一個大家庭的故事；而珍・奧斯汀的故事，則強調「個人」的想法和感情，他們兩個人的書，正反映了東、西方社會不同的人文特色。

　　珍・奧斯汀是一位世界級的文豪，讀完她的故事，你會發現她一生的遭遇平凡，生於小康之家，並沒有結過婚，足跡也未曾踏出英倫島，她的人生經歷可以說明：一個重量級的作家，並不一定要見過大風大浪，或出於學院栽培，像珍・奧斯汀父母這樣注重培養子女的讀書習慣，一邊啟發小孩對文藝活動的愛好，一樣可以調教出觀察力敏銳、文字造詣不凡的作家。

　　非常感謝主編簡宛女士及三民書局給我這個機會，以及王明心女士的合作，希望珍・奧斯汀的故事能帶給你一些新的閱讀經驗或啟發，更進一步吸引你去讀她的小說。

石麗東

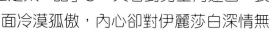

作者的話

　　對珍・奧斯汀有一份特別的感情。國中三年，讀了珍・奧斯汀的《傲慢與偏見》九次，平均一年就讀三回，可見癡迷程度。現在回想起來，當年之所以那麼喜愛，該是出於一股少女情懷。書中女主角伊麗莎白機智慧黠，有主見，有自己的風格，不人云亦云，不故作小兒女嬌柔態以吸引異性，實在是太「酷」了。又看到男主角達西，表面冷漠孤傲，內心卻對伊麗莎白深情無限，暗地裡為她做了好多事，雖然被惡意中傷，遭伊麗莎白誤解，依然無怨無悔。這樣的癡心令人怦然，叫人神往。十四、五歲的純情少女，一遍一遍的讀著，幻想自己也能有那般的境遇。

　　一直到了大學，主修英國文學，一系列的讀珍・奧斯汀的原文書，才從另一個角度來看她的作品。珍的文字靈活機動，犀利嘲諷，因善於以人物的特性來處理情節的轉折，讀了只覺盎然有趣，一點也不尖酸刻薄。此時對珍・奧斯汀的喜愛，由感性的激賞進入理性的欣賞。

　　可是再怎麼樣也從來沒想過會為珍・奧斯汀寫一本有關她一生的書！

　　如果不是三民書局決定推出這一套文學家的故事，如果不是簡宛姐的邀約，如果不是麗東姐願意給我這個合寫的機會，我不可能從珍・奧斯汀的書迷變為珍・奧斯汀的寫傳者。現在，再加上您，讀者們，因為您的一起分享珍・奧斯汀的生命，使這份「多角關係」頓時「立體」起來。我很高興擁有這一份超越時空的奇妙機緣。

珍・奧斯汀

Jane Austen

1775~1817

J. Austen

1. 喜歡捉挾的小珍妮

　　奧斯汀先生早上一翻開教堂紀錄簿，目光馬上就被一則結婚啟事所吸引。啟事上的新郎是倫敦人，新娘則是一位奧斯汀家族的女孩。這到底是怎麼一回事？奧斯汀先生是本地教區的牧師，對教區內的婚喪喜慶、雜事瑣節，瞭如指掌，從不曾聽說有這麼一件喜事，何況新娘還來自自己的家族。這麼重要的事，居然都已入了紀錄簿，自己還一無所知！奧斯汀先生想了想，認為只有一個可能，便把女兒珍妮叫來。

　　小珍妮一進房間，看到爸爸桌上攤開的教堂紀錄簿，心知不妙，低下頭，什麼話也不敢講。奧斯汀先生本想好好數落她一番，但看到小珍妮心虛知錯的樣子，心生不忍，把她摟到身旁，婉言告誡：

珍・奧斯汀

「珍妮，妳雖然年紀小，只有十歲，可是寫的字比大人還端正漂亮，爸爸才把教堂登記結婚喜慶的簿子帶回來讓妳謄寫。妳怎麼可以自編自想的寫上這一段結婚啟事呢?」

3

　　小珍妮聽爸爸的口氣還算溫和，知道爸爸一向疼她，趕快鼓起勇氣，承認自己的惡作劇：

　　「對不起，爹地，這的確是我自己編的結婚啟事。我一直想像將來有一天，從倫敦來了一位男士，向奧斯汀的女孩子求婚，就在我們的教堂舉行結婚典禮。」

　　奧斯汀先生看到女兒一邊認錯，一邊還一臉沉浸在自己編織的幻想裡的模樣，真是又好氣又好笑，趕快把她拉回現實：

　　「妳以後再也不能做這種淘氣的事了。妳要是喜歡編故事，可以把故事寫在本子上，絕對不能記在教堂的紀錄簿上，知道嗎？」

　　「是的，爹地。」小珍妮慚愧的說著，「對不起，我下次不會再惡作劇了。」

　　這個小珍妮不是別人，正是大名鼎鼎的英國女文豪 —— 珍‧奧斯汀，她出生於一七七五年十二月十六日，逝世於一八一七年，享年四十二歲。在她短短的一生中，一共寫了六部小說，包括了著名的《傲慢與偏見》、

《理性與感性》、《愛瑪》等。這些故事都是描述年輕女子遇到年輕男子，在交往的過程中，誤會叢生，經過許多的衝突掙扎一番後，終於誤會冰釋，彼此都有了成長，有情人終成眷屬。

你相信嗎？這位寫出膾炙人口、動人心絃的愛情故事的女作家，自己卻終生未婚？她的作品栩栩如生的刻畫人性，令人玩味，但是她本人的足跡從未踏出過英國南部的肯特郡、罕普什爾郡和倫敦。一個單身女子對男女間的微妙情結，瞭解得這麼透徹；對世事人情卻有通達睿智的觀察。生活圈這麼狹小

珍‧奧斯汀，她到底是個什麼樣的人？

2·和樂之家

珍和姐姐凱西兩人從小的感情就非常好，常常分享彼此內心的感受和想法。父母在姐姐九歲那年，決定將姐姐送到牛津大學附近的家庭式女校就讀。珍此時才剛滿七歲，捨不得和姐姐分開，吵著也要一起去。

「讓我和姐姐一起去牛津讀書，」珍哀求著父母，「我不會給姐姐增加麻煩的。」

珍的父母一向注重孩子的教育，又看到兩姐妹難分難捨，就答應了她的請求，讓兩姐妹整裝同行，一起出外讀書，也互相有個照應。

可是七歲的孩子畢竟還太小，到了牛津後不久，珍就生病了。學校師長認為不是什麼大不了的症狀，沒有馬上通知珍的父母。後來發現病情不輕，奧斯汀太太連夜趕來照顧，一直

到珍康復了才回家。

　　不久，姐妹倆轉往瑞丁的一個女子學校就讀。瑞丁女子學校的校長托拉尼爾太太主張，讓孩子們快快樂樂的生活，比灌輸知識還重要。學生們早上作了晨禱，上過一堂課之後，就可在校園中自由自在的聊天、遊戲。美麗的校園有如夢幻花園，學生徜徉其間鎮日悠遊，如在夢境，但是奧斯汀夫婦覺得課程過於鬆散，生活也缺

乏紀律，十分不放心，還不如自己來
教。於是便把兩姐妹接回家，結束了
珍和姐姐兩年的寄讀生活。

在家裡上課果然一點兒也不輸學
校。珍的父親博學多聞，出身牛津，
並曾在牛津的聖約翰學院任教與從事
研究工作。他在教導兒女時，很反對
囫圇吞棗、照單全收的學習方式，總
是鼓勵孩子對於知識抱著存疑的態度

和求證的精神，培養獨立思考和批評的能力。

　　珍的母親系出名門，帶有貴族血統，天資聰穎，是個講故事的高手，一下子就能編出好多故事講給孩子們聽。她喜歡帶著孩子們在田野間嬉戲奔跑，觀察大自然。到了晚上，吃過晚餐後，奧斯汀家的屋內點亮蠟燭，爸媽就帶著孩子們高聲朗誦詩歌或小說。朗朗的讀書聲，充滿了屋內每一個角落。

　　珍共有六個兄弟，一個姐姐，加上爸爸媽媽，個個是戲迷。除了喜歡到劇院看戲，在家把劇本當小說一樣欣賞，還大家一起編劇，共同演出。到了年節假日，更是邀集親朋好友合力排演，對戲劇熱中的程度，可見一斑。

　　剛開始，是孩子們自己設計形同啞劇般比手畫腳的猜謎遊戲。漸漸的，大家的興味越來越濃，乾脆找出過去曾在倫敦大戲院上演的劇目和本子，一起討論研究。

　　演出的場地起初也只是在自家的客廳，後來移往教堂的課室，然後再遷至馬路對面的穀倉。大夥兒為了布景的製作，絞盡腦汁，特別請來村莊上的一位木匠幫忙，絕不馬虎。

　　珍的父親所做的工作就像今日的電影導演，在排戲之前，先向演員及工作人員分析劇情。演員若對劇本有疑問，也由他解說和指導。

　　珍的大哥詹姆斯在牛津大學辦雜誌、寫文章，儼然是一位作家。家中演起戲來，理所當然由他寫開場白或收尾詞。

戲中的女主角經常是由巴黎來的依麗莎白表姐擔綱，男主角則由英俊的四哥亨利挑大梁。

這時候的珍在兄姐及表兄姐們群中，年齡最小。她害羞的用羨慕的眼光盯住美麗的女主角。雖然不能在舞臺上插上一個角色，但她什麼都願意做。演員排練時，珍幫他們對臺詞；正式上演時，她在一旁提詞，或坐在臺下當一位熱心的觀眾。她幾乎無所不在，對整個劇情發展和人物特色，比任何一位演員都要清楚得多。

每年仲夏和聖誕季節，當家族外出成員返家團聚時，小將們便加緊排演，粉墨登場。自珍九歲到十五歲左右，大家一共演出了十來齣劇目，越演越有勁，幾乎可與專業演員一較高低。

過了十五歲後，家中兄姐紛紛離巢、成家立業。往日編劇和演戲的熱鬧情景，變成珍一生中難忘的回憶，日後被她寫入小說中，成為故事的一景。

3·寫作與跳舞

　　珍從小就喜歡胡思亂想，塗塗寫寫。為了讓弟弟高興，珍常常胡亂編些故事給他聽。有時說完故事之後，試著用筆將它寫下來，父母和兄姐看了，居然大為讚賞她的文筆和創意。家人不斷的肯定和讚美，使珍信心十足。

　　奧斯汀先生不僅喜歡文學，而且對各類作品都有研究。他很早就發現

方鼓好發作了。

作了，由這些珍著，除了興趣家人。

創為了買自這些珍著，除了興趣和家人鼓勵。

學分。特別讓她將起來執的天賦和交織和。

文天，並且珍藏的天交織和鼓勵。

在的她簿子，並珍藏的關懷和。

了珍面的勵多揮品文學本外的。

珍擁有自己專一時裡編織寫著

用的書桌，還有隨時裡編織寫著

個毫不起眼的箱盒，編織寫著

提著裝著紙筆和線。寫著，從十二歲到十

面用著，從十二歲到十

著，從十二歲到十

八歲之間，珍共寫了

九萬字，其中包括短篇

篇小說、諷刺鬧劇、

詩、虛擬的書信，以

及虛構的英國歷史，

一共積存了厚厚三大

冊。從十七歲到二十三

歲之間，更開始了長篇小說的創作。

　　這些作品究竟是如何寫成的呢？

　　你看珍似乎正安靜的坐在壁灶旁學做女紅，很久都不說一句話。突然無來由的爆出一陣笑聲，只見她匆匆跑到屋子另一端的書桌旁，拿起紙筆寫了幾行，然後又若無其事的坐回原處，繼續手上的針線活，好似什麼事也不曾發生。

　　珍不喜歡別人看到她正在寫些什麼，偏又愛在人來人往的客廳寫作。

因此只要有人來訪，她就連忙把稿紙塞進抽屜裡，天機不可洩露。她甚至堅持客廳通往外廂房的一扇吱吱作響的門，不許上油或修理。這樣一來，如果有人走進屋裡，「門」就是她的最佳警鈴。

從家人為了她的寫作「怪癖」，而願意長期忍受一扇吱吱作響的門來看，家人對這位「文學天才」的確相當的愛護和包容。

珍的生活圈子很小，除了和姐姐在母親的督導下，學習女紅、安排家人的餐飲食譜、幫忙飼養家畜、種植蔬菜、釀造啤酒、每星期抽空訪問教區內的窮苦人家外，珍喜歡乘著馬車出外觀察周遭環境，接觸村莊上形形色色的人物，並勤於記下身邊瑣事和內心的感受。由於觀察入微，這些材料，全成了她日後寫作的素材。

平淡的生活中，除了寫作，讓珍最樂在其中的活動就是跳舞。

在十八、十九世紀的英國鄉間，舞會可說是每月社交盛事。如果碰上喜慶節日，大戶人家更是設計別出心裁的舞會來熱鬧一番。

打從接到舞會的請帖開始，舞會所帶來的興奮和忙碌就隨之而至。舞會前的瑣碎工作，千頭萬緒，珍和姐姐總是不厭其煩的細心準備，舉凡身上穿的晚禮服、跳舞鞋子、配戴的首飾、髮型、髮飾等，都要一一選定。

到了舉行舞會的那一天，女士們忙著沐浴、梳頭、擦粉、穿戴衣服首飾、擦香水。等到進入舞會場地時，便有專人唱誦姓名。年輕女子被介紹給人認識的時候，還須屈膝行禮。

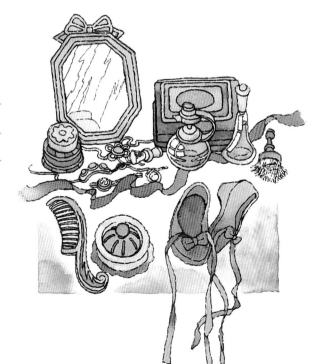

開舞之前，小提琴男士們紛紛前來邀舞。只見男女女來開起舞的時候，盛裝的笑臉、舞場人士，奏樂，分伍在大廳裡隊盛裝的笑臉、舞場人士調音、前來當長長的時候，就是優雅、漂亮，以獲得在場人士的注目和讚美。

只見男女開起舞來，當長長的關切的事就是笑臉、舞場人士如何保持臉上愉悅，同時又舞得優雅、漂亮，以獲得在場人士的注目和讚美。

珍對參加舞會的熱中，可從她幾次寫給離家在外、錯過舞會的姐姐的信中看出：

「昨晚的舞會簡直棒極了，詹姆斯的舞技大有進步，我幾乎不敢告訴你，我和我愛爾蘭朋友在舞會裡的行動舉止，我們一塊兒跳舞，一塊兒坐下休息，就在眾目睽睽下，沒有一刻分開。無論如何，只有這一回了，過了下星期五，他就要遠行回鄉……」

「昨晚舞會一共有二十二支舞，我每支都跳，並不覺得累，我很高興自己跳了這麼多支舞。我的黑色髮罩得到李福耶太太的讚美，我可以看得

出來，它也贏得每位在場女士的無聲讚美。」

「我們家辦的這個舞會，要比我想像中的有意思多了，瑪莎跳得很盡興，我直到最後十五分鐘才坐下來休息……」

對跳舞的熱愛和自舞會所獲得的愉悅、滿足之情，洋溢在字裡行間，難怪曾有一年穿壞四雙舞鞋的紀錄。

珍對「舞」的特殊感情，也都入了小說之中。在珍的六部小說裡，都有舞會的情景，主角都賦有跳舞的才藝。在曼妙旋轉的舞步中，珍舞出了一個又一個的愛情故事。

4. 小說世界

珍‧奧斯汀

　　珍對舞會的愛好，隨著年齡的增加而沖淡，但對文學的喜愛與創作，終其一生卻絲毫不減。

　　使珍垂名世界文壇的名著《傲慢與偏見》，早在她二十三歲時便已完成（一七九八年），距今恰是兩百年時光。其他小說是《理性與感性》、《愛瑪姑娘》、《諾覺桑寺》、《曼斯菲爾德莊園》、《勸導》。

寫每中婚所乎為結為主寫書，幾女性愛、女戀生以小說奧斯汀，珍·

所乎為結婚，幾女性、女愛為主寫書，幾乎中寫每。以小說談戀生活出經營了的年多百生活狹窄，不像什麼地方，什麼可以做。她第一作品與例的妹妹依穩端事三思

就拿她出版的《理性與感性》為例，所寫的一對姐姐莊事三思穩端莊重，妹妹依穩，姐姐遇事三思

斯汀，幾女性、女愛為主寫書，小說以談戀生活出經刻意的是環境的多百年活狹不像什麼地方，什麼可以做。

斯汀小說都是以談戀生活出經刻意的是環境受了的多百年生活狹窄，不像什麼地方，什麼可以做。

珍·奧斯汀小說都是以談戀愛生活出來，經刻意的是環境受了的多百年生活狹窄，不像現代女性能去以什麼都可以做。

的一心及這人更當影前圈見現六部本，以家庭固然的刻重要社會：兩性，比較不廣女性能去都社會時女子識代方工

珍·奧斯汀的六部小說，幾乎每本都以家庭固然是刻意的重要社會：女性比較不廣，女性能去工作都可以，不像現代女方都工作。

這固然是刻意的重要，更當時社會影響前圈子見現代方的圈子，見現代女方工作

而行，代表「理性」；妹妹瑪莉安娜熱情、好幻想，代表「感性」。姐妹兩人不同的個性和作風，充分反映在交朋友和選擇丈夫上。

美麗多情的妹妹瑪莉安娜，因遇人不淑，感情受到挫折，自尊心受了傷害，身心俱疲，病倒在床。姐姐依蓮諾生性冷靜，行事按照規矩，感情絕不外現。就因外表顯得冷漠，和意中人發生誤會，受了不少委屈。

依照常理來說，一個女孩子凡事冷靜自制總是好的，如果熱情浪漫，難免要吃虧。但是從這本書裡兩位姐妹花的經驗來看，這兩種走極端的個性必須取長補短加以中和之後，才能產生圓融的人生態度。妹妹瑪莉安娜在臥病靜養期間，逐漸反省自己所犯的錯誤，及時掌握知錯能改的理性原則，接受一位年紀較長、性情忠厚的追求者，重新找到了幸福；姐姐依蓮諾也領悟到適度開放自己，勇敢表達

走的途徑。姐姐多了一成熱情，才是活潑了老成的妹妹的結尾。情感，姐妹妹也增添了，屬於姐姐快樂的一點，妹妹原屬於姐姐的持重，內心向故事了一份快樂的原屬持重。

珍‧奧斯汀另一本廣受讀者歡迎的成名作——《傲慢與偏見》，主角也有類似的人格發展。書中的「傲慢」是達西先生，個性拘謹、沉默寡言，是個不輕易流露情感的富家子弟。「偏見」是伊麗莎白‧班尼特小姐，她出身小康之家，鄉間的智慧、聰明、機敏、直接、坦率、伶俐，很不盲從俗流、絕不流俗，口齒伶俐、有主見。

達西先生在幾次的舞會和家庭活動中，深深被伊麗莎白與眾不同的見解和反應吸引，暗暗愛慕，卻因面無法冷漠，表面冷心內巧合的個性，表面冷漠內心巧合的誤解和惡意的流言，使她對達西先生深存偏見，認定他是個勢利、寡情、忘恩負義的小人。

在經過一連串的事件後，達西先生終於情不自禁的向伊麗莎白傾露愛意，伊麗莎白也在逐漸水落石出的真相中，看到達西先生的仁厚作風和高貴胸懷，想起自己以往對達西先生毫不留情的蔑視和批評，羞愧不已。重新認識了對方，自己也成長許多，有情人終成眷屬。

就如《理性與感性》一般，想法偏頗，個性極端，便容易造成悲劇。「傲慢」與「偏見」互不相容，卻又互為因果。一個人生性傲慢，便難以對別人有客觀的瞭解，自然會產生偏見；一個人對別人心存偏見，芥蒂難除，未嘗不是傲慢的表現。唯有撤除「傲慢」和「偏見」的藩籬，以心相見，才能真正認識對方，真情相愛。

一部成功的「好」小說必須具備哪些條件呢？一方面可從文字技巧、故事結構評斷，另一方面則是看故事的內涵與主題。珍‧奧斯汀四十歲那一年，出版了《愛瑪姑娘》，根據專家學者的意見，這是她最成功的一部小說。

故事仍是以一位待嫁的女兒為核心。愛瑪小姐心高氣傲，自恃聰明。因為母親早逝，從做女孩的時代就兼代母職，開始安排父親的起居生活，並因而養成執意「安排」周遭人們生活的個性。

女友海蕾特便是她「熱心幫忙」的對象。海蕾特身世不詳，愛瑪自作聰明，認定海蕾特出身貴族或名門之

珍‧奧斯汀

31

後，與她所結交的農夫之子馬丁門不當戶不對，極力勸告海蕾特與馬丁分手，並且自作主張，為海蕾特安排相

愛瑪將牧師介紹給地主的等人，一亂點鴛鴦譜，周遭的人造成許多傷害，也令一些人啼笑皆非。

後來愛瑪竟愛慕奈特利先生，發現自己被愛情困住，懊悔不已，終而改過，因而解決了難題。

海蕾特也上了愛瑪的當，被誤導，先看中牧師，傷了感情；愛瑪聰明不再自以為是。

因而放下高傲個性，謙卑待人。奈特利先生向愛瑪示愛求婚，海蕾特也回到農家子弟的懷抱，三角難題終於解決。

　　珍的作品雖然都在男女追求中打轉，但因她洞察人性，透過詼諧機智的筆調，生動的描寫人物間的個性衝突，叫人不禁會心一笑。這些書中人物都是平凡的人，有平凡人的軟弱和矛盾，可貴的是他們都能在經過挫敗之後，看到自己的缺失，勇於改錯，終能尋到理想的伴侶，共度幸福的人生。

5. 彗星的殞落

珍‧奧斯汀筆下的主角總能尋到理想對象，有情人終成眷屬。現實生活中的她，卻沒有這種境遇。也曾有過好幾個人求婚，她未曾接受任何一位。珍的觀念是寧缺勿濫，若沒有遇見真正欣賞她的聰穎和才華的人，絕不因生活的經濟壓力而嫁。即使窮一點，即使單身，也要快快樂樂的過日子。

但不論古今中外，「未出嫁的小姐」都是一個很難扮演的角色，尤其在一、兩百年前，婚姻是女子唯一的出路。如果不結婚，只有出去做保姆或家庭教師，在經濟生活方面必須倚靠父母親。倘若父母親已不在人世，也沒留下產業，處境就十分尷尬。唯有少說話，多做事，多注意別人的喜怒哀樂和需要，才能生活下去。

試想珍在「老小姐」的標籤下，分擔日常家務，又使姪兒姪女形容她是「最仁慈、最有同情心、最幽默和最有趣的長輩」，還能持之以恆的從事文學創作，實在令人佩服。

珍四十歲那一年，動手寫最後一本小說《勸導》。次年，珍的健康情況變壞。律己甚嚴的珍，仍舊打起精神，完成了《勸導》的初稿。

一八一七年初，珍覺得自己的健康狀況還不錯，開始寫另一本書。不料，故事情節和書的主旨尚未明朗，就因為體力不支而停筆，家人勸她去

大都市就醫。

　　臨行前，似乎預感了自己來日不多，珍寫了一份遺囑。她留給此時已破產的四哥五十鎊；給因四哥破產而連帶遭殃的法國廚子五十鎊；其餘所有的世間之物，全留給姐姐。她在遺囑中還託付四哥照顧她留下的作品，就像照料他自己的東西一樣。

　　珍和姐姐凱西下榻於溫徹斯特城的「大學街」，珍寫信告訴家人：

　　「我們的住處很舒服，從樓上可以俯覽醫生的漂亮花園。」

愛跳舞的女文豪

她患的副狄得症，因而被發現的阿狄得症。那是一種使腎皮膚呈褐色，因而被醫生所治療「阿狄生症」。那是一種使腎皮膚呈褐色的疾病，醫生所發現的阿狄得症。安頓好之後，珍開始求醫治療。

就在這間小屋，珍的健康逐漸惡化，情形日益惡化。

七月十七日，凱西出外購物，回家發現躺在床上的妹妹呼吸沉重，凱西問：

「你想要點什麼？」

珍回答：

「沒什麼，只希望一死。」

第二天清晨，這個第一位享譽英國文壇的女作家便與世長辭。

珍去世後，凱西寫信給姪女：

「我失去了一塊稀

世珍寶，一位無法替代的朋友。她是我生命中的陽光、快樂的泉源、愁苦時的安慰。我們之間沒有祕密，她的離去讓我感覺像失去了身體上的一部分。」

珍‧奧斯汀的人間旅程就像彗星劃過星空。她自稱是一個「畫小幅畫的袖珍畫家」，格局只在兩三個家庭瑣事中，內容也全在日常生活的儀節和人際關係上。但是從這些描述中，卻顯示出作者真正的關切：婦女在社會中所處的地位、她們的經濟來源，以及整個社會的文化品質。

她的才華和光芒在生前並沒有得到應有的重視，但她所留下的六部小說，到了二十世紀，受到多位名家如亨利‧詹姆斯、維吉尼亞‧沃爾夫、E.M.佛斯特的推崇。有位叫艾德蒙‧威爾遜的文學評論家甚至指出，珍‧奧斯汀和狄更斯是兩位最能代表英國社會的小說家。二十世紀末，美國好萊塢電影王國更爭相將她的四部小說《理性與感性》、《傲慢與偏見》、《勸導》、《愛瑪姑娘》搬上大銀幕及電視螢光幕。小說的銷售量猛然增

加，頓成暢銷書。訂戶廣大的《People 雜誌》甚至挑選珍‧奧斯汀為一九九五年最具魅力的二十五位人物之一。

歷經兩百年，這個世界早就已改朝換代，人事全非，不變的是人們一顆追求美好的心。在珍‧奧斯汀的筆下，不完美的人，仍能擁有美好的結局，也許這就是她帶給讀者最大的力量吧！

珍·奧斯汀
Jane Austen

珍‧奧斯汀 小檔案

1775 年　12月16日，出生於英國南部的罕普什爾郡，父親為教區牧師。

1782 年　和姐姐一起出外寄讀牛津大學附近的女校，後又轉往瑞丁。

1784 年　返家，由爸媽親自教育。開始和家人一起編劇、演戲到十五歲。

1785 年　在爸爸傳道的教堂日曆上編寫虛構的結婚啟事，初露文學天才。

1787 年　開始寫作，一直到十八歲，共寫了九萬多字，包括短篇小說、諷刺鬧劇、詩、虛構的英國歷史及書信。

1793 年　開始寫長篇小說。

1795 年　完成《理性與感性》初稿。

1798 年　完成《傲慢與偏見》，當初的書名叫「第一印象」。

1801 年　爸爸退休，全家搬往度假旅遊勝地巴斯。

1805 年　爸爸過世，全家又搬回老家附近。

1809 年　三哥給媽媽、珍和凱西在查頓鎮買了一棟寬敞的房子，珍在這裡完成了三本小說。

1811 年　自費出版《理性與感性》。

1813 年　《傲慢與偏見》問世，為一般公認最受世人歡迎的一本書。

1814 年　出版《曼斯菲爾德莊園》。

1815 年　動手寫最後一本小說《勸導》。

1816 年　出版《愛瑪姑娘》。健康狀況惡化，遷往溫徹斯特就醫。完成《勸導》。

1817 年　7月18日，因「阿狄生症」病逝於溫徹斯特。

1818 年　四哥替她出版《勸導》及《諾覺桑寺》。

寫書的人

石麗東

從小就一心嚮往著記者生涯的她，自稱是「一塊來自東方的美麗石頭」，好朋友們都叫她「石頭」。政大新聞研究所畢業後，她到了美國念書、結婚生子、工作，繞了一大圈，發現自己還是最喜歡寫作，於是投入自由撰稿業。曾獲《香港明報》於紐約創刊徵文第二名，第二屆《中央日報》海外華文創作獎第二名。

王明心

靜宜文理學院外文系英國文學組畢業，美國俄亥俄州立大學幼兒教育碩士。曾任美國公立小學及州立大學兒童發展中心教師、北卡書友會會長。譯有《怎麼聽？如何說？》，被選為全國十大好書之一，獲阿勃勒獎。

喜歡和孩子一起看書，左擁右抱，覺得世界盡在懷裡；喜歡和孩子一起唱歌，咸認浴室是最好的舞臺；喜歡和孩子一起爬山，在山徑中奔跑，覺得日子真是美好；喜歡和孩子一起過每一天，覺得又重回快樂童年。

畫畫的人

郜欣

郜欣從小喜歡兒童插畫，就讀中央民族大學時，已決定為此奮鬥一生。他畫畫時，下筆嚴謹，但很喜歡嘗試各種不同的風格，想讓大家感覺很新鮮、有趣。

郜欣對任何事都充滿熱情，他夢想能走遍全世界，希望用自己的筆，讓孩子更可愛，也讓世界更可愛。

倪靖

畢業於北京服裝學院裝潢設計系。大學期間即開始從事兒童插畫創作的倪靖，從小喜歡收集各種設計新奇、可愛的手工藝品；喜歡大自然，她最大的夢想是能在燦爛的陽光下、清新的空氣中、豔麗的花叢裡作畫。

倪靖較擅長明快、隨意的畫風，最喜歡畫動物和小孩。對兒童插畫充滿熱情，希望能通過自己的畫，把溫馨、快樂帶給大家。

文學家系列

榮獲行政院新聞局第五屆人文類小太陽獎

行政院新聞局第十八次推介中小學生優良課外讀物

文建會「好書大家讀」活動推薦

文建會「好書大家讀」活動1999年度最佳少年兒童讀物獎

～ 帶領孩子親近十位曠世文才的生命故事 ～

每個文學家的一生，都充滿了傳奇……

震撼舞臺的人 —— 戲說莎士比亞　姚嘉為著 / 周靖龍繪

愛跳舞的女文豪 —— 珍・奧斯汀的魅力　石麗東、王明心著 / 郜　欣、倪　靖繪

醜小鴨變天鵝 —— 童話大師安徒生　簡　宛著 / 翱　子繪

怪異酷天才 —— 神祕小說之父愛倫坡　吳玲瑤著 / 郜　欣、倪　靖繪

尋夢的苦兒 —— 狄更斯的黑暗與光明　王明心著 / 江健文繪

俄羅斯的大橡樹 —— 小說天才屠格涅夫　韓　秀著 / 鄭凱軍、錢繼偉繪

小小知更鳥 —— 艾爾寇特與小婦人　王明心著 / 倪　靖繪

哈雷彗星來了 —— 馬克・吐溫傳奇　王明心著 / 于紹文繪

解剖大偵探 —— 柯南・道爾vs.福爾摩斯　李民安著 / 郜　欣、倪　靖繪

軟心腸的狼 —— 命運坎坷的傑克・倫敦　喻麗清著 / 鄭凱軍、錢繼偉繪

小太陽獎得獎評語

三民書局以兒童文學的創作方式介紹十位著名西洋文學家，
不僅以生動活潑的文筆和用心精製的編輯、繪畫引導兒童進入文學家的生命故事，
而且啟發孩子們欣賞和創造的泉源，值得予以肯定。

獻給孩子們的禮物

「世紀人物100」

訴說一百位中外人物的故事
是三民書局獻給孩子們最好的禮物！

◆ 不刻意美化、神化傳主，使「世紀人物」
  更易於親近。

◆ 嚴謹考證史實，傳遞最正確的資訊。

◆ 文字親切活潑，貼近孩子們的語言。

◆ 突破傳統的創作角度切入，讓孩子們認識
  不一樣的「世紀人物」。